KB254055

내 인생에서 가장 소중한

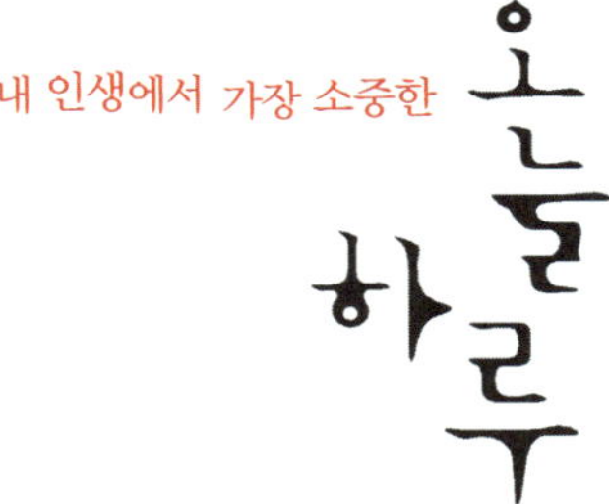
오늘
하루

내 인생에서 가장 소중한

## 오늘 하루

초판 인쇄 _ 2005년 4월 20일
초판 발행 _ 2005년 4월 25일

지은이 _ 허태수
펴낸이 _ 박진희
펴낸곳 _ 나무의 꿈

등록번호 _ 제 10-1812호
주소 _ 121-842  서울시 마포구 상수동 171번지 1층
전화 _ 02)332-4037~8
팩스 _ 02)332-4031

ISBN 89-91168-10-8  03810

내 인생에서 가장 소중한

# 오늘 하루

허태수 지음

나무의 꿈

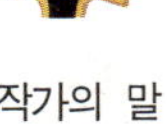

작가의 말

누워 있는 것은 뭐고 서 있는 것은 뭡니까?
선 놈은 산 놈이고 누운 놈은 죽은 놈이야!

그때그때 내 관심과 필요를 따라 사들였을 책들입니다. 그러나 이제는 불행히도 먼 풍경을 바라보듯 바라보기만 하는 책들이 많아졌습니다. 책과의 인연이란 사람과의 인연 못지않게 특별하고 아름답습니다. 지금은 침묵하고 있는 책이라도 말입니다. 어떤 책이든 그것들은 결국 내 생애의 궤적들입니다. 그런데도 번잡한 생활과 육신의 사역함以心爲形役 때문에 책을 버리게 됩니다. 그렇다고 마구 버릴 수는 없지요. 하루 종일 서고에 틀어박혀서 이미 대화가 끊어져서 아무 메시지도 전하지 못하는 것들은 '자빠뜨리고', 20년이 훨씬 넘었어도 그때의 활발했던 대화가 책들의 갈피 사이에 무기수無期囚처럼 갇혀 있다는 심정만 들어도 '세워' 두었습니다. 그걸 보고 누군가 물었던 겁니다.

누워 있는 것은 뭐고 서 있는 것은 뭡니까?

『영혼의 약국』을 내고 얼마 되지 않아서 후배에게 오래된 원고 하나를 보여 줬습니다. 그걸 보고 진담인지 인사치렌지 '아주 촌스러워서 좋다'고 하더군요. 촌스러우니까 뭐 담백한 맛이 있다나 뭐라나 하면서 말입니다.

내게 있어 이 원고들은, 작은 예배당 느티나무 밑을 거닐거나, 첫 새끼를 낳다가 기진맥진하여 벌렁 누워서 그렁그렁 눈물을 떨구던 암소를 붙들고 기도했던, 만물과의 대화이며 소통의 기쁨이었습니다. 당분간만이라도 누군가의 서고에 '세워 두는 책'이 되라고 복을 빕니다.

책 앞에서 ... 허태수

삶이 나에게 던져준 것은 희망입니다.

라이나 마리아 릴케에게 어떤 시인 지망생이
편지를 썼습니다.
"어떻게 해야 시인이 될 수 있습니까?"
릴케는 이렇게 답장을 썼다고 합니다.
"아무도 당신을 가르치거나 도울 수 없다.
단 하나의 길이 있다면,
네 안으로 들어가라. 그리고 물어라.
'난 꼭 써야 하는가?' 라고.
강하고 단순하게
'난 꼭 써야 한다' 그렇게 답이 울려 나오거들랑
그 필요성에 근거하여 너의 삶을 건축하라."

고요하라,
뛰지 마라.
주의 깊게 너의 내부에서
울려 나는 소리에 귀를 기울여라.
네 질문에 대한 답은
너의 가슴 속에 숨어 있다.

마음씨 고약한 인간이 남의 산에 불을 질렀습니다.
수십만 평이 불에 탔습니다.
그는 곧 산의 주인인 노인 앞에 끌려 왔습니다.
"왜 그랬나?"
"시기심猜忌心이 생겨서 그랬습니다."
"예끼, 이 사람. 그렇다고 산에 불을 질러?
그 동안 우리가 거기서 나는 것을 먹고 살지 않았는가.
가서 담배 한 갑하고 정종이나 한 병 사 가지고 오게."
그가 술 한 병과 담배 한 갑을 사 가지고 오자
노인은 그를 뒤에 세우고 불탄 산으로 올라갔습니다.
그리고 말했습니다.
"여기 담배 놓고 술 한 잔 따르게. 그리고 절한 다음에
용서를 빌게. 자네, 산한테 큰 죄를 지었네."

그것으로 끝이었습니다.
훈계도 책망도 보상도 없이.

길가에서 울고 서 있는 사람이 있었습니다.
행인이 그에게 물었습니다.
"다 큰 어른이 왜 길에서 울고 있소?"
"저는 다섯 살 때 눈이 멀어서 지금 20년이나 되었습니다.
오늘 아침 나절에 밖으로 나왔다가 홀연 천지 만물이
밝게 보이기에 기쁜 나머지 집으로 돌아가려 하니
길은 여러 갈래요, 대문들이 서로 어슷비슷하여 저희 집을
분별할 수 없습니다. 그래 지금 울고 있습지요."
행인이 말했습니다.
"네게 집에 돌아가는 방법을 깨우쳐 주겠다.
도로 눈을 감아라. 그러면 곧 너의 집이 있을 것이다."
그래서
그는 다시 눈을 감고 지팡이를 두드리며 익은 걸음걸이로
걸어서 곧장 집에 돌아갈 수 있었더랍니다.

색깔과 모양에
정신을 빼앗기지 말고
슬픔과 기쁨에 마음을 주지 마라.
길을 잃느니.

방금 세상 구경을 나온
백조 한 마리가 작은 연못에 내려앉았습니다.
긴 다리로 꼿꼿하게 서서 물 속을 들여다보고 있던
황새가 백조에게 말을 걸었습니다.
"이름이 뭐니?"
"응, 백조."
"어디서 왔는데?"
"하늘 호수에서."
"거긴 어때? 뭐가 있는데?"
"물은 꿀같이 달고, 호수에 핀 연꽃은 황금 빛깔이야.
물 속에는 산호, 진주, 다이아몬드가 지천으로 깔렸지."
"굉장하구나! 그럼 조개랑 우렁이랑 지렁이도 있니?"
"아니!"

황새가
이 말을 듣고는
"히히히!"
웃었습니다.

노랑과 흰색의
나비 두 마리가 예배당 안에 들어왔습니다.
색깔이 다른 것으로 보아 친 형제나 자매는 아닌 것 같고,
사돈이거나 이웃인 모양입니다.
무더운 여름에 뭐 하러 꽉 막힌 방 안으로 날아들었을까,
혹시 길을 잃은 것은 아닐까?
나는 두 마리의 나비를 쫓으며 이렇게 묻습니다.

"너희는 왜 하늘을 버리고 방 안으로 들어왔니?"

그들은 대답 없이
강단 장식을 위해 꽂아 놓은,
이미 시들어 버린 꽃의 주위를 맴돌 뿐입니다.

나비는
왜 하늘을 버리고
예배당으로 들어왔을까?

어떤 사람이 하느님께 기도하고 있었다.

"당신은 저를 아십니다.
언제나 당신께 기도했지만 저는 아직 인생에서 액운厄運과
불행不幸과 질병과 절망밖에 얻지 못했습니다.
그런데 이웃에 사는 푸줏간 주인을 보면, 그는 평생
기도라곤 하지 않는데 번창하고 건강하고 행복합니다.
어째서 저 같은 신자信者는 항상 어렵고,
그는 항상 잘 풀리는 겁니까?"
갑자기 우렁찬 목소리가 그의 귀에 들렸다.
"푸줏간 주인은 나를 성가시게 하지 않기 때문이지,
그것이 바로 이유다."

그대의 기도란
그대의 의도와 욕망이 아니던가?
그러면
'성가신 것'이 된다.

엊그제,

친구와 함께 윗샘밭에서 막국수로 점심을 먹고 집으로

돌아오고 있었다.

소양댐 밑,

콧구멍 다리를 지나는데 운전을 하던 친구가

눈꺼풀이 천근은 된다면서 차 안에서 눈 좀 붙이고 가자나.

친구는 어느 새 코를 골고, 나도 잠이 들었다.

얼마를 잤을까.

'쾅' 하는 소리에 둘이 벌떡 일어났다.

자동차 한 대가 급정거를 하더니 여자가

당황한 얼굴로 다가왔다.

"죄송합니다. 운전이 서툴러서 그만 선생님 차의 백미러를

망가뜨렸네요. 어떻게 하면 될까요?"

친구가 말했다.

"달아난 낮잠이나 찾아오시오."

물에 뜬 배처럼 세상에 머물러라.
마침내
그림자는 사라지고
유일한 실재만이 남으리.

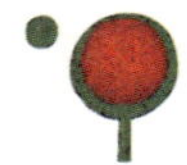

운전 부주의로
자동차가 크게 부서져서 폐차를 하고 말았다.
처음에는
사람 다치지 않은 것만 고마워서 부서진 자동차에 대해
별다른 마음이 없었다.
그러나 막상 폐차장으로 끌려 간 자동차를 보니
가슴이 아팠다.
깨진 유리를 털어내고 운전석에 앉았다.
'미안하다. 너는 나를 안전하게 지켜 줬는데,
나는 너를 이렇게 만들었구나.
용서해다오.'
이러면서 눈물을 감추고 있는데,
그런 나를 지켜보던 폐차장 주인이 이런다.
"그러실 거 없어요.
목사님 자동차가 제 임무를 다하고 간 거예요."

고통은
삶을 있는 그대로
받아들이지 않기 때문이고,
축복은
사고思考로부터의 자유이다.

열흘 가까이 몰아닥친 추위에
예배당 실내가 영하 8도까지 내려갔습니다.
그때,
화원의 온실에서 자라다가 지난 성탄절에 가져온
양난 두 화분은 꽃대와 꽃망울까지 바짝 얼어 버렸습니다.
그러나
이미 예배당에서 한 해를 산 화분들은 그 순간에
활짝 꽃망울을 터뜨리고 있는 게 아니겠습니까?
맑은 진액津液을 뚝뚝 떨구면서 말입니다.

오늘 새벽에 그걸 보는 순간
얼어 죽은 놈의 측은함보단, 산 놈의 장엄함이 커서 그만
눈물이 나왔습니다.

낡은 것에 대립하는
새것은,
죽음에 대립하는
생명은,
항상 위태로움을 먹고 자란다.

"아니? 목사님이 스님처럼 인사를 하면 어떻게 해요?"

매주 월요일 아침에 방송되는 '날마다 주님과 함께'를
녹음하러 기독교 방송국 계단을 오르고 있는데
마침 위에서 내려오던 직원과 만났다.
그래서 스님들이 합장合掌하듯 두 손을 모아 가슴에 대고
'안녕하세요?' 했더니 '목사님이 스님처럼' 인사를 한다고
핀잔이다.
내가 말했다.
"사무엘이 두 손을 모으고 기도하면 그건 기도하는 손이고,
내가 두 손을 모으고 기도하면 스님 손이란 말인가요?"
"그게 그렇게 되는 건가요?"

말하라.
그대를 속박한 자
누구인가를.

홀로 된 장인과 함께 살기 위해

춘천으로 이사 왔던 이석천 교우가 다시 서울로 올라갔다.

이사 가기 전날 초등학교 5학년인 소정이,

2학년인 지민이가 엄마 아빠와 같이 인사를 왔다.

방에 들어서자마자 지민이가 등 뒤에 감추었던 물건을

내게 불쑥 내밀면서 "선물" 그런다.

엉겁결에 받았다.

받으면서 당황을 했다.

왜냐하면,

그것은 지민이 엄마가 쓰던 부엌용 손수건이 아닌가.


이런 선물은 처음이다.

오래오래 기억될 아름다운 선물이 될 것이다.

지민아,
너를 사랑하는
내 마음은
참으로 보잘 것이 없단다.

서울에 사는 친구가 홍천에 있는 팔봉산엘 왔다가 가는
길이라고 하면서 전화를 했다.
"그래, 산행은 어땠어?"
"보기하곤 다르더군. 오르기 전에는 야트막한 것이, 오른들
무슨 감상이 있겠나 싶었는데, 올라 보니 감동이더군."
"어떤 감동이었는데?"
"여덟 봉우리에서 내려다보는 경치가 서로 달랐어.
크고 장엄한 맛은 없어도 잔잔한 여운이 있는 산이야."
"산에 올라가서 겨우 산 아래를 내려다보았단 말이지?
자기가 살고 있는 거길 다시 내려다보려고
산엘 올랐단 말이지?"
친구는 말의 뜻을 몰라서 멈칫거리고 있었다.

뒤를 돌아다보지 마라.
그대가 거쳐 온 삶의 계곡을
내려다본들 무슨 낙이 있겠는가.
산에 올랐으면
하늘을 볼 일이다.

"제가 바늘로 파리를 찔러 잡았잖아요."
"아니, 어떻게 파리를 바늘로 찔러 잡아요?"
"어느 날,
글을 쓰고 있는데 파리가 한 마리 방안에 들어와서
앵앵거리며 날아다니잖아요.
저는 그런 것에는 예민하거든요.
그래서 파리를 쫓아다니기 시작했죠.
그냥 쫓아다니기만 했어요.
파리가 어느 곳에도 앉지 못하도록 쫓아만 다녔어요.
그랬더니 어느 순간에 그 놈의 파리가 지쳐서 그만
나동그라지더군요. 그때 바늘로 그의 몸통을 찔렀죠."
"그게 몇 시간 만인데요?"
"아마, 열일곱 시간 째였나 그렇죠?"

믿거나 말거나,
교동에 사는 소설가 이외수 선생이 며칠 전에 들려준
이야기다.

한 가지만 구하고
끝까지 버텨라.
이것이 기도다.

미 최초의 우주 비행사이자 현직 상원의원인 존 글랜이
77살의 나이에도 불구하고 우주선을 다시 탄다고 한다.
이번 탐험의 목적은
인간 노화人間老化의 비밀을 풀기 위해,
무중력 상태인 공간에서 갖가지 인체의 작용들에 대한
실험이 행해진다고 한다.


마지막 외출이 될지도 모르는데,
인류의 미래를 위해
자신을 실험용으로 흔쾌히 내놓는 결단과,
미지의 세계에 대한 도전 정신에 경의를 표하고 싶다.


이런 사람들에 의해
인류는 진보와 의식의 성장을 이루어 왔다.
자기를 버리며 앞으로 가는 한두 사람에 의해.

한 번 사는 인생인데
망설이지 말라.
용기와 확신을 가지고
자기를 던져라.
거기,
꽃과 새들의 정원庭園이 있다.

엊그제,
속초엘 갔다가 마근 스님을 뵈었다.
백담사 주지 자리를 내놓고 신흥사 총무로 옮기신단다.
잘된 일이냐고 물었더니
"그동안 어깨에 쓸데없는 힘이 들어갔었는데,
거기 가서 마당이나 쓸면서 하심下心 하려고."
그러신다.


하심下心!
소유를 짐으로 아는 마음이다.

안분지족安分知足의
도道,
하심下心!

데이비드 홉킨스는
20년간에 걸쳐 수백만 번의 운동 역학적 실험을 통해
인간의식의 에너지 수준을 관찰했다.
그에 따르면,
사람이 살았다 하더라도 죽은 사람의 에너지 수준에 있는
경우가 있다.

수치심이 죽음과 가장 가까운 상태의 에너지 수준이고,
무기력, 슬픔, 두려움이 그 다음 순이다.
살았으나 죽은 것과 같은 사람은, 이런 수준의 에너지 장에
머무르며 파괴적인 삶을 사는 사람이다.

당신을 둘러싸고 있는
습하고 어두운 빛 속에서 한 발자국만 걸어 나와라.
그리하여
스스로 밝고 빛나는 하나의 빛이 되어라.

소설 쓰는 하창수에게는 '운'이라는 외자 이름을 가진
여덟 살짜리 아들이 있다.
'운'이가 어느 날 엄마 아빠를 따라 영화관엘 갔다.
어른들만 볼 수 있는 〈정사情事〉라는 영화였다.
어른들은 낄낄거리며 재미나게 영화를 보았다.
물론 영화 속에서는 남녀 주인공들이 벌거벗고 설쳤다.
영화가 끝나고 난 다음에 '운'이가 물었다.
"엄마, 왜들 저렇게 벗고 야단이야?"
딱히 대답할 말이 없던 '운'이 엄마가,
"너, 그 사람들이 왜 벌거벗은지 알아?" 하고 물었다.
그러자 '운'이가 이렇게 대답했다.
"그거야 뻔하지. 감독이 벗으라고 했거든."

아이들은 감각을 초월한다.
그래서 진실하다.

하느님이 인간을 시험하기 위해
히말라야의 어느 동굴에 자기와 교신할 수 있는
전화기를 남겼다.
인간들은 드디어 그 전화기를 찾아냈다.
"오, 우리가 마침내 해냈군."
"한 사람씩 소원을 말하자구."
이래서 온갖 소원을 하느님께 빌었다.
그런데,
한 소년은 수화기를 들고 아무 말이 없었다.
그러자 사람들이 소리쳤다.
"무얼 하고 있는 거야, 어서 소원을 빌어라."
소년이 말했다.
"지금 하느님은 외출하셨대요.
너무 소란스러워서요."

소란을 멈추어라.
단지
그것이 필요하다.

욕망이 없는 사람은 단순히 말한다.
어떤 것이 있든지, 있는 것은 있는 것이다.
어떤 것이 일어나든 일어나는 것은 일어난 것이다.
나는 그것을 받아 이고 그것과 함께 간다.
나는 다른 마음이 없다.
만일 그 일이 일어난다면,
나는 그것을 즐기며, 그것과 함께 존재할 것이다.


예수,
하늘을 나는 새처럼, 땅에 핀 백합화처럼 살다
안개처럼 사라진 존재.

그래서,
그는,
지금,
여기에 있다.

늘 지나 다니는 길가에 구둣방이 있고,
구둣방 안쪽으로 오래된 칠판이 하나 걸려 있다.
칠판에는
일심 빌딩 구두 다섯 켤레,
양자강 262-3353 짜꼽1 간짜3
길 다방 미스 김 꾼 돈 1만 4천원……
같은 글들이 지저분하게 적혀 있다.
그런데 칠판 맨 밑에는 이런 글귀도 있다.


나 오늘 여기에 왜 있는가

―파스칼 '팡세'

그대는
지금 그곳에 왜
있는가?

지하철 안이었다.

겨우 자리에 앉아 졸고 있는데

어디선가,

"주 예수를 믿으십시오.

믿지 않으면 저주의 지옥 불에 떨어집니다.

예수 믿고 천국 갑시다.

예수 천국, 불신 지옥."

아주 위협적이다.

그러더니 목소리는 금세 달콤하게 속삭이고 있었다.

"하느님을 믿으시면 댁의 자녀가 대학에 붙어요.

남편은 다시 직장을 얻을 수 있어요."

이게 〈기독 '교'〉의 얼굴이다.
예수와는 상관이 없는.

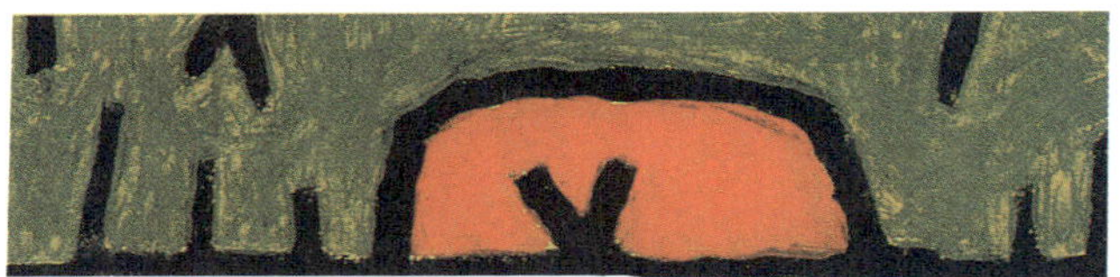

"이걸 점수라고 받아 왔어?"
40점을 받아 온 아이에게 엄마가 꾸짖듯 말했다.
그러자 옆에 있던 남편이 아내더러,
"여보, 그냥 놔둬. 앞으로는 시험 없이 대학엘 간대.
걱정 말라고."

일간신문의 시사 만화란에 실린 내용이다.

삶은
시험이 아니다.
춤과 노래일 뿐.

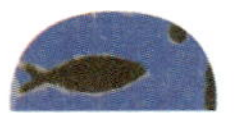

허블 우주 망원경이

NGC 7742라는 나선형 소우주를 화상에 담아 보내 왔다.

NASA에 의하면,

이 사진은 중심 핵의 블랙홀에 의해 운동하는

'세이퍼트 소우주 2'라고 한다.

그런데 놀라운 것은,

별들이 생성되고 있는 주변 고리가

중심 핵에서 3천 광년이나 떨어져 있다는 것이다.

1광년光年이 빛으로 1년 가는 거리니까

중심으로부터 빛의 속도로 3천 년을 달려가야

별의 주변에서 중심부에 닿을 수 있다는 것이다.

아,
무한無限의 바다에
내가 사나니.

『몸으로 생각한다』라는 책을 읽었다.

정독해 나가는데 영어 문장 하나가 눈에 띄었다.

"God is watching us from no distance."

한참을 생각해 보니 '아하' 하는 깨달음이 있었다.

신은 우리의 외면에 있는 것이 아니라

우리의 내면에 존재한다는 것이다.

인생의 관심은 늘 밖에 있어서

자신의 참 모습을 알지 못한다.

하느님이 거기 있는 것을.

안으로 들어가
중심에 도달하는 사람은
하느님으로 살게 된다.

오랜 만에 기차를 탔다.
청량리 역사驛舍 밖으로 나오는데
거지들이 여러 명 들러붙어 싸우고 있었다.
지나가던 행인이 한마디.
"저것들은 가진 것도 없으면서 뭘 얻으려고
맨날 싸움질이야?"

누가 아는가?
싸우다 보면 뭔가
얻는 게 있을지.

배탈이 나서
오전 내내 화장실을 들락거렸다.
몇 번째였던가.
급하게 들어가 일을 마치고 밑씻개를 찾으니
아무것도 없었다.
그 흔한 신문지조차 보이지 않았다.
할 수 없이 남이 쓰고 버린 것 중에서
재활용(?)이 가능한 것을 골라서 썼다.
여간 고마운 게 아니었다.
오후가 되어 다시 화장실을 찾았을 때는 여섯 칸 남은
휴지를 세 칸만 쓰는 여유를 부릴 수 있었다.
물론,
밖에 나와 손을 빡빡 씻어야 했지만.

당신이
나날의 삶 속에서
고맙고
좋은 일들만 기억하고 있다면
마음은 깨끗해지고
세상에 대한 집착은
점차 줄어들 것이다.

"아무개 목사님이시죠?"

"그렇소."

"뭣 좀 여쭤 보려구요."

"여쭙지는 마시구 그냥 말해 보시우."

"제가요, 어떤 교회에 8천만원을 헌금했는데요."

"그래서요?"

"지금 생각하니 속은 것 같아서요."

"바칠 땐 언제고 이제 와서 그런 말을 하시우?"

"그땐 그 목사가 신령하게 보였거든요.

그런데 지금 와서 보니 완전히 사기꾼이에요.

그래서 말인데요,

목사님이 그 돈 좀 찾아 주시면 안 되나요?"

"찾아 드리면 내게 1억원을 주실 수 있소?"

"어머, 어머, 어머! 목사님이 그러실 수 있어요?"

"물론이오. 난 진짜 목사니까."

사기꾼은 한 번 속이는 사람이고,
두 번을 속이면 지도자가 되고,
세 번을 속이면 선지자先知者가 된다.

한밤중에 너무 배가 아파서 잠을 깼다.

머리도 아프다.

'몸살이로구나' 생각했다.

아스피린 두 알을 먹고 자다 깨다 하다 보니 아침이다.

다시 아스피린 두 알.

오랜 만에 찾아온 손님이니 하루쯤 편히 쉬면

떠나겠지 싶었는데, 웬걸.

배는 더 아프고 머리는 장작 쪼개는 것 같다.


이렇게 사흘을 버티다 한약방을 하는

전은순 권사님을 만났더니

감기가 아니라 체한 거란다.

아이쿠!

체한 걸 가지고 감기약만 연줄 먹어댔으니!

지금껏
목사 노릇하면서
소화제 쓸 때
아스피린 팔지는 않았는지.

김씨 노인과 박씨 노인이 노인정에서 만났습니다.
박씨 노인이 김씨 노인에게 물었습니다.
"자네 요즘 어디 다녀왔나? 노인정에 통 안 나타나서
말이야!"
"응, 감옥에 있었어."
김씨 노인의 대답이었습니다.
"감옥에 있었다고? 아니, 영감쟁이가 감옥에는 왜?"
박씨 노인이 놀라서 물었습니다.
그러자 김씨 노인은 이렇게 대답하는 거였습니다.
"두 달 전의 일이야.
내가 길 모퉁이에 서 있는데 젊고 아름다운 여성이
경찰관과 함께 와서 날 보고 이러는 거야.
'이 사람이에요, 순경 아저씨. 이 할아버지가
나를 덮친 사람 중의 한 사람이에요.'
그러기에 나는 매우 우쭐해서 그렇다고 했지.
그랬더니 잡아가더군."

사람들이 말하는
'나'는
참 '나'가 아니다.
거기 속으면
평생 감옥에서 살게 된다.

우리 동네에 15층짜리 임대 아파트가 들어섰습니다.
공사가 마무리 단계인지 며칠 전부터는 밤새 불을
환하게 켜 놓습니다.
환한 게 아주 기분이 좋습니다.
집이 다 되었다는 선전 같기도 하고,
불이 잘 켜지는지를 시험하는 것 같기도 합니다.

며칠째 그렇게 불이 켜지던 어느 날 밤,
마침 교우 댁을 심방하게 되었는데 그 교우가 이러더군요.
"저렇게 불을 켜 놓으면 전기료가 엄청 나오겠죠?
입주하는 사람들이 전기료 무는 건 아닌가요?"
"저 아파트 임대하셨어요?"
"아뇨. 우리 집이 멀쩡히 있는데 뭐 하러요."
"아이고, 오지랖도 넓으셔라. 상관도 없는 일에까지 신경을
쓰시다니."

삶의 에너지를
그렇게 쓰지 마라.
그대는
생명을 낭비하고 있다.

목사에게 있어서 설교는 기쁨이기도 하고 고통이다.

어떤 목사는 토요일만 되면 집안 식구들이 모두 그 근처를
얼씬도 못하게 한다고 한다.

신경이 날카로워지기 때문이라나.

그렇다고 목사가 다 그런 것은 아니다.


"내일은 무슨 설교해요?"

성탄을 하루 앞둔 엊그제 내가 정 목사님께 전화로 물었다.

"설교는 무슨 설교. 마침표 하나 찍고 말지."

"마침표? 그런 설교도 있나?"

"아기 예수가 하늘에서 내려왔다는데 무슨 설교야.

그냥 각자 느끼면 되지."

"그렇군. 그게 설교군!"

그대 자신을 변화시키는 것.
그것이
유일한 설교이다.

이런 일이 있었습니다.

어떤 운동선수가 가슴에 하나 가득 메달을 달고

올림픽에서 돌아온 순간,

그만 병이 나 쓰러지고 말았습니다.

그의 열을 잰 의사가 이렇게 말했습니다.

"자네는 지금 40도까지 열이 올라갔네."

"정말입니까?"

선수는 힘없이 말했습니다.

그리고는 갑자기 매우 궁금하다는 듯이 물었습니다.

"선생님, 세계 기록은 몇 도입니까?"

이런 넌센스는 떨어 버리세요.
당신이 숨쉬고 있다면
이미 하느님이 그대를
인정하고 있다는 증거입니다.

춘천에서 꽤 유명한,
용하기로 소문난 운명 철학관인 '우정의 집'
박성은 원장을 뵐 일이 있었다.
쉰세 살의 얼굴색이 고운 여인이었다.

다음은 그녀가 들려준 이야기다.
그리 오래 되지 않은 과거에, 어떤 여자 손님이 그녀를
찾아와서는 자기는 시내의 어떤 교회에 다니는데,
알 만한 사람은 다 아는 그런 사람이니
부디 자기가 이곳을 다녀갔다는 사실을 비밀로 하고,
자신의 한 해 운세를 좀 봐 달라고 했다는 것이다.
그때, 용한 박 원장은 이렇게 말했다고 한다.
"당신의 목사나 교우들은 그렇게 해서 속일 수 있을지
모르지만, 당신이 믿는다는 하느님도 속인단 말이오?
눈 시퍼렇게 뜨고 내려다보고 있을 텐데?
난 당신 같은 사람의 삶은 들여다보고 싶지 않으니
당장 꺼지시오!"

진정한 종교는
삶의 아름다움을 깨닫게 하고
어느 순간엔가 소멸되는 육체의
두려움을 떨쳐 버리게 하는 것.

연거푸 신발이 사라지고 있다.

처음 두 짝,

그러니까 고무신과 구두가 한 짝씩 없어질 때까지는

그래도 즐기고 있었다.

그런데,

오늘 아침 새벽에 일어나서 예배당에 나가기 위해

문을 나섰더니 문지방 밑에 가지런하게 놓아두었던

밝음이 운동화가 보이지 않았다.

'설마, 아이들 신발까지' 했던 것이다.

새벽에 예배당에 나가 앉았다.

줄곧 신발이 머리 속에서 왔다갔다 하더니,

"네가 신발 잃는 것을 즐기고 있으니 계속 그런 일이

생기는 것이다. 바란다면 그만두라고 명령해라."

하는 메시지가 어딘가로부터 들려 왔다.

당신에게서
그 무엇이 떠나지 않는 이유는
이것이다.
싫든 좋든 당신이 그것을
즐기고 있기 때문이다.

어떤 바보가 6층 창문으로 뛰어내렸습니다.
사람들이 모여들었습니다.
경찰관이 달려와서 물었습니다.
"무슨 일이요?"
바닥에 누워 있던 바보가 대답했습니다.
"모르겠는데요. 저도 방금 왔걸랑요!"

어쩌면
우리가 떠나온 그 나라에선
우리가 집 나온 지
이제 나흘째인지도 모를 일입니다.

시내버스에 한 노인이 앉아서 콧노래를 부르고 있었습니다.

"한 오백 년 살자는데 웬 성화요."

버스 기사가 주위를 빙 둘러보니 여행 가방이

좌석 통로를 가로막고 있었습니다.

그가 노인을 돌아보며 말했습니다.

"가방 좀 치워 주시겠습니까?"

노인은 들은 척도 하지 않고 '한 오백년' 하면서

노래만 하는 것이었습니다.

화가 난 운전기사가 벌떡 일어나 창 밖으로 가방을

던져 버리고는 노인을 바라보며 소리쳤습니다.

"이래도 노래만 할 거요?"

노인이 그를 보며 빙그레 웃더니 말했습니다.

"그거 내 가방 아니오."

세상에 내 것이 어디 있겠습니까?
삶은 그저
간지러운 바람의 노래일 뿐입니다.

나는 소설을 써서 먹고 삽니다.

그러다 보니 살림살이의 대부분은 책입니다.

결혼 초기에는 이사를 자주 다녔는데,

그럴 때마다 짐 나르는 인부들의 궁시렁거리는 소리를

들어야 했습니다.

많은 책 때문이었죠.

그래서 '책을 버리자'고 마음을 먹었습니다.

얼마 후에 다시 이사를 가게 되었을 때,

나름대로 내게는 쓸모가 없다고 할 만한 책들을

고르기 시작했습니다.

그러나 시간이 흐를수록 나는 곤혹스러워졌습니다.

남의 소중한 지식과 지혜를 함부로 내팽개친다고 생각하니,

누군가 내가 쓴 책을 버린다고 생각하니,

'쓸모없다'는 마음의 칸을 만들 수가 없었습니다.

'무엇을 어떻게 해야 한다' 는
그 생각조차 버린 사람은
'있음과 없음' 을 모른다.

“어머니, 옷 한 벌 사 드릴까요?”

“좋지. 아들이 사 주는 옷은 평생 처음이지 아마.”

“그럴리가요. 이 아들이 마흔이 넘도록 어머니 옷 한 벌도

사 드리지 않았단 말이에요?”

“내 기억엔 없단다.”

며칠 만에 뵌 어머니께 인사 삼아 드렸던 말인데 그만

아픔이 되고 말았습니다.


지난 주간에

충주의 추평 교회에서 사경회 인도하고 받은

사례금謝禮金이 마침 있어서 옷 한 벌을 사 드렸더니,

그날 밤 어머니는 한 잠도 주무시지 못했다는군요.

아들에게 너무 큰돈을 쓰게 해서.

어
머니,
Oh, Money!

손영훈 병장이 외박을 나와서 점심으로 순대 국밥을
같이 먹었다.
한 그릇에 2,500원 하는,
털이 숭숭한 살점을 깍두기 썰 듯해서 순대와 함께
푸짐하게 담아내는 것이, 춘천 제일의 인심이다.
밥을 먹고 셈을 하느라고 지갑을 꺼냈는데,
이틀이 지난 다음에야 지갑이 없어진 것을 알게 되었다.
'서울 순대국집'에서 흘린 게 분명했다.
그런데, 그 집에서는 보지 못했다는 것이다.
주인이나 일하는 아주머니가 지갑을 발견하고 돈을 꺼내
쓴 게 분명하다는 생각이 먼지처럼 일어났다.
카드 분실 신고를 하고, 신분증 재발급을 받다가
잃어버린 줄 알았던 지갑을 찾았다.
다른 옷의 주머니에 얌전하게 들어 있는.

너는
네 몸의 때도 닦지 못하면서,
누구의 영혼을
어루만지겠다고 나섰느냐.

어린이집은,

그야말로 어린이들만 모인 집입니다.

그런데 아이.엠.에프(IMF)인가 뭔가 하는 것 때문에

어린아이들이 줄어든다는군요.

그러니 어린이집 운영이 어려워질 수밖에요.

그래서 생각한 것인데요,

이 참에 어린이집에 노인들을 입학시키면 어떨까요?

양로원이나 노인정이 있기는 있지만

거기서는 어린이처럼 놀지는 않습니다.


그래서 동심童心의 사회가 되면 천국이 아닐까요?

기氣를 얻어 무지無知하고
이理를 터득하여 무능無能에 이르면
무위無爲 곧 천국天國이 된다.

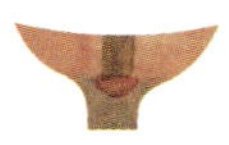

엊그제 서울에서 친구들이 찾아왔다.
마침 점심때가 되어서 만천리에 새로 생긴
순대국밥집으로 안내했다.
이미 식당 안에는 20여 분의 노인들이 순대와 국밥,
약주를 곁들여 입춘立春의 흥興을 돋우고 계셨다.
술기운 때문인지,
이른 봄 기운氣運 탓인지,
노인들의 주름진 얼굴은 장엄의 구릉丘陵으로 꿈틀거렸고,
그것은 곧 물결처럼 내게로 밀려들었다.


'내가
저 어른들처럼 시간의 가죽 부대를 두르게 될 때
신神이 군침 흘리는 잘 익은 영혼일 수 있을까?'

삶은

바람입니다.

온양에서 있었던,

감밭 장로교회의 집회 마지막 날에 노정균 교우가

나를 태우러 숙소가 있는 도고 온천엘 왔다.

이튿날 아침, 집으로 돌아오느라고 숙소 앞의

작은 다리를 건너면서 그가 이런다.

"다리 이름이 '증산교' 네?"

"그래요? 무슨 종교 집단의 이름 같네요."

"세상이 모두 종교라니까."

"그 다리 이름이 혹시 '봉산교' 아니었어요?"

"그런가? 하기야 '종교' 는 모두 '다리' 니까."

당신에게

두 개의 '다리'가 있는

까닭을 아십니까?

교통사고가 나서 자동차가 없는 줄 아는 내 친구가
나를 보더니 "요즘 어떻게 움직이는가?" 하고 물었다.
자동차가 없이 불편해서 어떻게 사느냐는 물음이었다.
그런데 나는 사실 별 불편을 모르고 지낸다.
아니 오히려 편안하다.
기름 값 걱정도 없고, 주차를 걱정하지 않아도 되고,
사소한 긁힘에 신경 쓰지 않아도 된다.
자동차가 있을 때 누렸던 기쁨보다 없어서 생긴 자유가
더 크기에 "저절로 움직여지더군" 했다.
"저절로?"
"그렇지. 저절로!"
"소리 없이 회전하는 우주宇宙처럼 사시는군."
"좋게 봐줘서 고마우이."

끝내 욕심을 벗어 버리고
참 자유와
참 무위를 터득하여
무한한 무와 더불어 어우러진 상태를
'구원' 이라 한다.

12년 만에 가구를 옮겼다.
예배당과 사택을 새로 짓기 위해서
임시로 얻은 아파트에 세탁기를 옮겨 놓고 보니
지저분하기 이를 데 없다.
여기저기 시커먼 먼지들을 닦아냈다.
세탁기라는 게,
남의 몸의 때와 먼지를 빠는 기계가 아닌가?
그런데 정작 제 몸은 더러운 줄 모르고 있으니.

그는
그 무엇도 아니고
그 무엇 아님도 아니다.
다만
그 무엇일 뿐.

우리 집에는 화분에다 키우는 화초가 여럿 있는데,
네댓 날마다 한 번씩 흠뻑 물을 주곤 합니다.
지난 겨울, 온 가족이 일주일이나 집을 비우고 휴가를
떠났을 때 걱정을 하지 않은 건 아니지만 일주일 정도는
화초들이 끄떡없이 견딜 수 있으리라 여겼지요.
집으로 돌아와 확인을 하니 내 예상이
그리 빗나간 건 아니었습니다.
그런데 딱 하나, 야속한 주인을 향해 눈을 치뜨듯
파삭하게 말라 가는 녀석이 있었습니다.
다른 것들보다 오히려 걱정이 덜 했던 관음죽이었습니다.
온갖 노력을 기울여 회생을 시도했지만 끝내 녀석은
베란다를 떠나야 했습니다.
탐스럽게 햇살을 튕겨 내던 녀석의 그 풍성하던 이파리들이
떠올라 몇 날은 제대로 잠을 이루지 못했습니다.

화분의 식물들에게 물을 주는 것은
우리들의 권리가 아니라 의무입니다.
권리가 있다면,
그건 우리가 주인이기를 포기하지 않을 권리뿐입니다.

어느 예배당에 나이 많은 종지기가 있었습니다.
아침저녁으로 종이나 쳐주고 밥이나 얻어먹는
그런 사람 말입니다.
하루는 깐깐한 목사가 종지기를 나무랐습니다.
"다른 사람들은 일부러 새벽잠까지 쫓으며 달려 나와
열심히 기도를 하는데 당신은 예배당에 살면서도
하느님께 기도하는 걸 본 적이 없소."
종지기는 그 길로 예배당에 들어가 기도했습니다.
"하느님, 그저 건강허시요잉!"
목사가 따라와서 또 시비를 겁니다.
"그게 기도요, 장난이지? 도대체 뭐요?"
그러자 노인이 대답했습니다.
"내가 그동안 기도하는 사람들 수천 명 봤는데,
별의별 희한하고 가당찮은 소원을 싸들고 와서 떼를 쓰는
사람들 많이 보았지만 아직까지 '하느님 건강하시라' 고
기도하는 사람은 보지 못했소."

사람들은
이 노인이 좀 모자란다,
혹은 살짝 갔다고들 합니다만.
그러나
모르는 일입니다,
그게 당신일지.

예수께서 길을 가시다가
슬픈 표정으로 길가에 앉아 있는 사람들을 보았다.
"무슨 일입니까? 무슨 나쁜 일이라도 있습니까?"
"우리는 지옥이 무서워서 떨고 있습니다.
단지 그것 때문에 우리들의 삶은 편하지 못합니다."
예수께서 이들을 지나쳐서 조금 더 앞으로 나갔을 때
몇 사람이 더욱 슬픈 표정으로 앉아 있는 것을 보았다.
"무슨 일입니까? 이 마을에 무슨 일이 생겼습니까?"
"아무 일도 없습니다.
다만 우리는 천국을 놓칠까 봐 두려워하고 있는 것입니다.
우리는 어떻게 해야 천국에 안전하게 도착할 수 있을지
그게 걱정스러워서 이렇게 염려하고 있는 것입니다."
예수는 이 사람들 또한 지나쳤다.
얼마쯤 가다가 이번에는 정원에 모여 노래하고 춤추는
사람들을 만났다.
"무슨 행사입니까? 경사가 난 모양이지요?"
"특별한 경사는 없습니다.
다만 우리는 하느님께 감사드리고 있는 것입니다.
필요한 것 이상으로 너무 많은 것들을 주셨거든요."

예수께서 말씀하셨다.
"나는 그대들과 함께 머물며 말할 것이오.
그대들이야말로 진정 나의 사람들이오."

부활절은 춘분春分을 기점으로 합니다.
춘분을 지나 첫 만월滿月 후에 오는
첫째 주일이 부활절입니다.
서기 325년 니케아 공의회에서 이렇게 정했습니다.


'마음 심心'이라는 글자를 해자解字 하면,
별 세 개와 달이 어울려 노는 것을 뜻합니다.
이것은 태양이 이글거리는 한 낮의 오만함과 시샘이
아니라, 예쁘게 빛나는 모든 것들을 용납하는
어둔 밤의 얼굴이기도 합니다.


달과 별들의 어울림, 마음心.
그리고
만월滿月 다음에 오는 깊은 어둠, 부활復活.

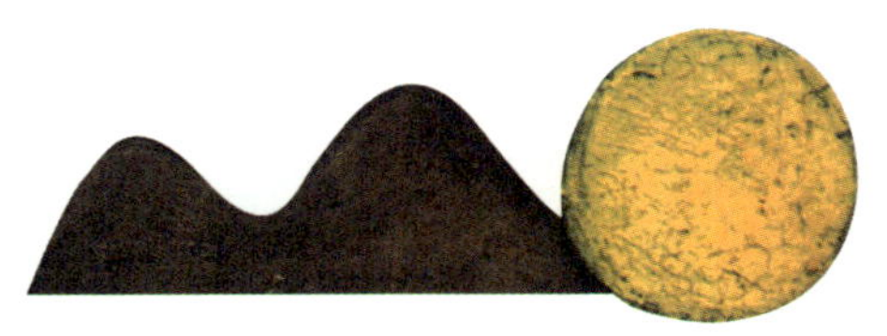

하늘에 뜬 구름
모두 다 같은 게 아니다.
헛되이 천둥만 울리는 놈도 있고
비 뿌려 땅을 적시는 것도 있나니.

‘왕따’
국어사전에는 나오지 않는,
크게 따돌림을 당하는 사람을 말하는 것입니다.
부정적인 의미로 쓰여집니다.

그런데
좋은 ‘왕따’ 도 있습니다.
억지로 말을 만들자면,
세상 사람들과는 크게(왕) 다(따)르게 사는 사람입니다.
예수님이 그 대표적인 경우에 해당합니다.

그러면 예수 믿는 사람은 무엇입니까?
그 존재성을 말하자면 ‘왕따’ 인 셈입니다.
세상을 거슬러 살아라,
세상에서 소금이 되고 빛이 되라 하셨으니,
그것을 다른 말로 하자면 ‘왕따’ 로 살아라 하는
말씀이 아니겠습니까?

세상 속에서
세상을 거슬러 '왕따'로 살면
마침내
왕이 됩니다.

엊그제 들은 싱싱한 이야기

예산에 살고 있는 박창룡 장로가 밤에 자동차를 운전하다가
도로를 무단 횡단하는 술 취한 행인을 치었다.
금세 병원으로 실어는 갔지만 워낙 중하게 다쳐서
여러 날 동안 의식이 돌아오지 않았다.
그런데다가 그는 온양에서 소문난 깡패였다.
그러니 근심이 곱빼기일 밖에.
박 장로를 아는 사람들은 모두 염려를 보냈다.
다른 사람도 아니고, 그렇고 그런 사람을 그렇게 했으니,
저걸 어쩌겠느냐고 하면서.

몇 달 만에 의식이 돌아온 깡패는 사고 조사를 하는
경찰관에게 말했다.
"모두 내가 잘못해서 생긴 일이니
시끄럽게 굴지 말고 가라."
이렇게 모든 것이 끝났다고 한다.
그리고는 달랑 3만원짜리 딱지 하나만 끊었다나.

이제
자신에게 물어 보자.
나는 지금 삶에서
무엇을 취하고 있는가?

봄 식탁에 콩나물이 끼는 것은 여러모로 특혜에 가깝다.
색깔에서나 맛에서나 향기에서나.
간밤에 제사라도 있었다면 사정이 다르지만.

팔봉산에 오르기로 한 날인데 비가 내린다.
며칠 전부터 뺏긴 마음이니 비 맞는 산 구경이나 하자고
차를 타고 팔봉산을 한 바퀴 돌았다.
마침 산 뒷자락에 창수의 처갓집이 있어서
점심을 거기서 먹었다.
그 밥상에 콩나물이 나왔다.
창수의 장모가 시루에다 손수 기른 것이었다.

"고소한데요? 집에서 기른 것이어서 그런가 봐요?"
"집에서 길러서 그런 게 아니라, 시루 밑에 받친 버지기의
물을 자꾸 퍼줘서 그래.
물 줄 때마다 새로운 물을 주면 콩나물은 고소하지 않아."

그대를
당황하게 하는 어둠에 주의를 기울이면
평화가 그대를 채우리라.

아파트로 임시 거처를 옮기면서 나는 성경책 외에는
어떤 책도 가지고 오지 않기로 마음먹었었다.
방이 좁기도 했으려니와,
이제는 좀 책을 놓고 살아 보자, 뭐 그런 생각에서였다.
왜 있지 않은가,
'물고기를 잡으면 통발을 버린다' 는 말과 같이.
그런데 그렇지 못하다.
며칠은 읽지 않고, 사지 않는 재미를 즐겼지만 다시
책을 손에 들기 시작했다.
리처드 칼슨의 『우리는 사소한 것에 목숨을 건다』라는 책을
감동 있게 읽고 아내에게 권했다.
아내는 평소에 내가 읽는 책에 관심이 없다.
그래서 이번에도 읽거나 말거나 하는 마음이었는데
어쩌자고 열심히 읽는 게 아닌가.
그러던 어느 날 새벽에 아내가 내게 진지하게 물었다.
"여보, 명상이 뭐예요?"

아무것도 바라지 않으면서
누군가를 위해 행하는 사려 깊은 행동.
그것이 명상이다.

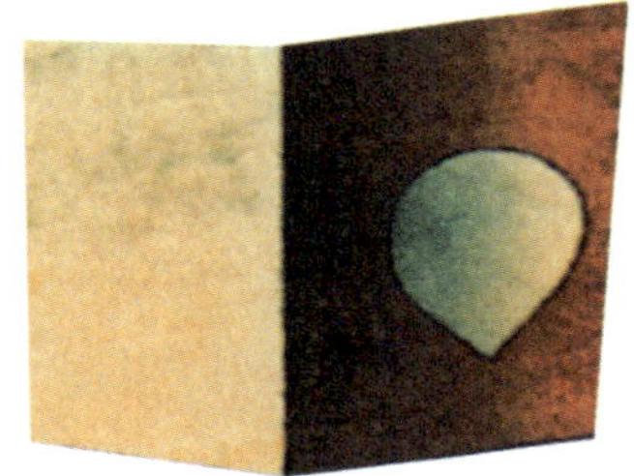

검정 고무신이 전부였던 시절에
운동화를 신던 아이가 있었다.
아버지가 소를 사고파는 일을 하신 덕분이었다.
아이가 초등학생이었을 때,
아이는 자기가 신던, 아직 상큼한 고무 냄새가 나는
운동화를 친구에게 주었다.
친구는 신발이 없어서 학교에 못 오고 있었다.

세월이 흘렀다.
아이는 어른이 되었다.
어느 날 아이였던 어른은 편지 한 통을 받았다.
거기엔 기억조차 없는 운동화 이야기와 200달러짜리
수표가 들어 있었다.
"그때 그 일이 너무 고마워서 이제야 편지 올리네.
어머니와 같이 냉면이나 한 그릇 사 드시게."

아이였던 어른은 지금 예배당을 짓고 있다.

사랑은
받은 사람이 기억하는 것이고
빚은
갚을 사람이 기억하는 것이다.

“아무개 대학교 국문과를 나온 아무개 주지 스님이시라네.”

나를 도반이라고 부르는 내 길동무 스님이,
출가한 지 30년이나 된다는, 환갑 저 만치 넘겼음직한
주지 스님을 이렇게 소개했다.
소개 받고는 엉겁결에 인사를 드리기는 했지만,
도대체 무슨 소개가 이 모양인가 싶다.
길 떠난 지 30년 되신 스님의 출신 대학을 들먹거리다니,
사람이 부주의해도 분수가 있지.
그랬더니,
길동무 스님이 주지 스님 귀에 들리도록 이럽니다.
“그러게 말이여.
이날 이때까지 무슨 대학 국문과 경계를 못 벗어난다니께.
뭔 병인가 모르겠네…….”

—이윤기 「어른의 학교」에서

뭔가 알 수 없는
병 걸린 사람들
의외로 많습니다. 목사들 중에도.

알렉산더가 인도를 정벌하고 디오게네스를 찾아갔던
이야기 모두 아시죠?
그때 디오게네스는 벌거벗은 몸으로 햇살을 쬐며
행복해 하고 있었답니다.
알렉산더가 그 앞에 서서 디오게네스에게 소원이 있으면
들어주겠다고 했더니, 옆으로 비키기나 하라고,
지금 자네가 내게 쏟아지고 있는 햇살을 가로막고 있다고
했답니다.
다시 알렉산더가 거지 현자에게 "나도 이 다음에 당신처럼
그렇게 살고 싶다"고 했더니,
"지금 하면 되지, 이 다음에는 무슨 이 다음에."
했다는 이야기죠.

요즘 텔레비전에 〈왕초〉라는 드라마가 나온다면서요?
그래서 말인데요,

많이 가진 사람이 왕출까요?
크게 누리는 사람이 왕출까요?

71살에 목사직에서 물러나면 '은퇴 목사' 라 한다.
박정오 목사님은 서울 청파 감리교회에서 은퇴를 하셨다.
어느 날 목사님이 어느 시골에 가실 일이 있었는데
거기 마침 큰 고목나무 한 그루가 숭숭한 배를 내보이며
벌렁 쓰러져 있었다고 한다.
그러자
목사님께서 쓰러진 고목나무를 한참 들여다보시더니
혼잣소리처럼 이러시더란다.


"너도 목회했냐?"

숭숭한
구멍 속에 감춰진
기억의 빛을 찾아내는 것이
목회 아닌가?

박상길이라는 이가 푸줏간을 차렸다.

인근동에 사는 양반 둘이 장에 왔던 길에

고기를 사러 들어왔다.

"상길아, 고기 한 근 베어라."

선뜻 한 근을 베었다.

뒤따라 같이 온 양반도 청했다.

"여보게 박 서방, 고기 한 근 주시게나."

아까처럼 베어서 주는데, 부피가 갑절이나 된다.

먼저 양반이 이 꼴을 보고,

"이놈아! 같은 한 근인데 이 양반은 이렇게 많고,

나는 왜 이렇게 적으냐?"

"다른 사람이 베어서 그렇습니다."

"다른 사람이라니? 이놈, 둘 다 네 손으로 베고 그러느냐?"

"아니올시다. 저건 박 서방이 자른 거고,

이건 상길이가 자른 것입니다요."


그대는 두 양반 중에 어느 쪽입니까?

여러분의 너그러운 마음을
모든 사람에게 보이십시오.
주님께서 오실 날이
얼마 남지 않았습니다. (빌립보 4:5)

진 고개를 넘어가면,
강릉 쪽으로 '산 위에 찻집'이라는 통나무로 지은
예쁜 찻집이 있습니다.
집 뒤로는 산으로 오르는 나무 계단이 있는데,
어느 날,
서울에서 내려온 나그네가 나무로 된 난간을 잡고 오르다가
꼬물락거리는 벌레 한 마리를 손으로 눌러서
터뜨리고 말았습니다.
한껏 기분이 상해서 찻집이로 돌아온 그가
주인에게 말했습니다.
"산에 벌레가 많군요. 살충제를 뿌리던지 하셔야겠어요."
"산에선 벌레가 주인인데요?"

세상 사람들은

송충(松蟲)이가 살충제보다 더 무섭다고 합니다.

“사람의 가슴 속에 빛이 있는 줄 몰랐어요.”
그녀가 불쑥 책 한 권을 내놓으면서 이럽니다.
“그 사람이 누군데요?”
“헤르만 헷세요. 이 책은 그가 쓴 『데미안』이거든요.
어렸을 적에도 한 번 읽었는데 그땐 몰랐어요.
그런데 이번엔 달라요.”
“뭐가 어떻게 다른데요?”
“빛이 느껴져요. 아주 환한 빛이요.”

그렇습니다.
그건 그대의 가슴에 빛이 서리기 시작했다는 뜻입니다.
하늘이
인간들에게 내려 주는 복중에 이보다 큰 복은 없습니다.

아,
오늘은 태양이 얼마나 더 눈부실지!

팔순八旬의 나이에
정부에서 지급하는 생활비로 혼자서 살고 있는
교우가 있습니다.
매달 받는 얼마 되지 않은 돈에서 십일조 내고
생활비랄 것도 없는 얼마를 지출한 다음에 나머지는
돌돌 말아서 이불 귀퉁이에 찔러 넣곤 했습니다.
누구는 저승 갈 때 여비라도 한다지만 그이는 찰지게
예수를 믿는 까닭에 여비 걱정은 애초에 하질 않았습니다.
어느 때고 요긴하게 쓸 날이 있겠다 싶었던 거지요.
지난주에 교우는 이불 속에 서너 장 혹은 네댓 장씩
뭉쳐 있던 돈을 모두 털어냈습니다.

아시겠지만,
이름을 밝히지 않은 건축 헌금 1백만원의 주인공이
바로 그 교우입니다.

오해하지 마라.
나는 이것을 빌미로
당신의 주머니를 노리지 않는다.
단지
그대의 다음 생애가 염려될 뿐.

지난 월요일,

공설 운동장 테니스 코트에서는 기독교 방송국이 주최한

목회자 테니스 대회가 있었다.

그날 점심시간에 생긴 일이다.

주최 측에서 준비한 점심이 주문 도시락이었는데 모자랐다.

그래서 목회자가 아닌 몇몇 사람들은 운동장 밖으로 나가서

점심을 먹었다.

그런데 점심시간이 지나자 여기저기에 먹지 않은

도시락이 굴러다니고 있었다.

알고 보니,

도시락을 두 개씩 받아 두었다가 먹지 못하고

밀어 놓은 것들이라나.

그러자 입 달린 사람들이 수군수군했다.

"목사님들은 일용할 양식만 구하라는 하느님의 안내문을

외우기만 하는가 봐."

깊이 잠든 사람은
깨울 수 있어도
깬 척하는 사람은
깨울 수가 없다.

태평 농법太平農法.

말 그대로 태평하게 농사 짓는 방법이다.

어느 정도 태평한가 하면,

논도 갈지 않고, 농약은 물론 치지 않고,

비료도 주지 않고, 잡초도 뽑지 않고,

가을에 벼를 거두면서 밀과 보리를 동시에 흩뿌리고,

봄에 밀과 보리를 거둘 때 볍씨를 아무렇게나 뿌린 다음에,

아무 일도 하지 않고,

가을 추수기까지 내버려두는 농법이다.


경남 하동군에 사는 '이병문' 이라는 사람의 농사법이다.

그러고도 남들만큼 수확을 낸단다.

삶,

하늘에 맡겨라.

휘영청

달빛을 받으며 두 남녀가 강둑을 걷고 있었다.

남자는 여자의 어깨를 감싸고 여인은 눈을 감은 채

남자에게 기대어서 천천히, 아주 천천히 걷고 있었다.

어느 정도 걷던 두 남녀가 둑에 앉아

또 그렇게 오랫동안 있었다.

얼마 후에 남자가 물었다.

"저게 해야, 달이야?"

여자는 고개도 들지 않고 말했다.

"나는 이 동네 안 살아서 몰라요."

달이 웃었으리라.
일생
땅만 바라보고 사는
그대를 향해.

어느 부잣집에서 잘 짖는 개 한 마리를 기르게 되었다.

도둑놈이 들어올 때 사납게 짖어서 쫓아낼 속셈으로.

그런데 여러 날이 되어도 전혀 짖지를 않는 것이었다.

주인이 화가 나서 개에게 물었다.

"도대체 이유가 뭐냐? 왜 짖지를 않는 거냐?

혹시 너 짖지 못하는 바보 놈 아니냐?"

"내가 짖지 않는 까닭은 짖어야 할 대상이 없어서입니다."

"무슨 뜻이냐?"

"다 도둑인데 누굴 보고 짖으란 말입니까?"

그대의 삶에서
사나운 개를 치워 버려라.
잃어버릴 것이 아직도 너무 많지 않은가.

한 랍비가 세 명의 유대인에게 물었습니다.

"길에서 돈이 많이 들어 있는 지갑을 주웠다면
어떻게 해야 하겠는가?"

첫번째 유대인이 대답했습니다.

"하느님이 주신 선물인 줄 알고 잘 쓰겠습니다."

"너는 도둑놈이다."

두 번째 유대인이 말했습니다.

"즉시 주인에게 돌려주겠습니다."

"너는 바보다."

세 번째 유대인이 말했습니다.

"저는 어떻게 해야 할지 잘 모르겠습니다.
그저 하느님의 은총에 맡기겠습니다."

랍비가 그의 머리를 쓰다듬으며 말했습니다.

"그대의 대답이 옳은 대답이다."

그러면
김현철 씨와 최일도 목사 중에
도둑놈은 누구고
바보는 누굴까요?

한솔이 아빠는 고물 장수다.

파란 중고 화물 자동차를 그의 아내가 운전하고 한솔이를

태우고 셋이서 아침에 나갔다가 저녁에 들어오곤 한다.

리어카를 끌며 거리를 천천히 오가는 게 아니니까 가위질을

쨍그렁 쨍그렁 하지도 않고,

"양은 그릇, 고물 사요" 하고 외치지도 않는다.

그런데도 그에겐 그 옛날 고물 장수 가위가 있다.


끝은 뭉툭하고, 이는 맞지 않아서 설겅설겅 어긋나고,

크기가 보통 가위의 열 배는 되어서 무겁고,

손잡이는 어른 손 두 개는 술럭술럭 빠지기 십상이니

생산적인 기능으로 치자면 빵점이다.

단지

허방치듯 가위를 놀릴 때 나는 '쨍그랑' 소리만 없다면.

세상에는
두 종류의 사람이 있다.
가위질 하는 사람과
가위 치는 사람.

추석秋夕 밑입니다.

IMF가 시작되던 지난 해와는 달리 금년 한가위는

생동감이 있습니다.

벌써 몇 사람들로부터 "추석 맞을 준비 다 하셨어요?" 하는

말을 들었습니다.

추석 맞을 준비?


서울 사는 안 목사님께 전화를 드렸더니 목사님의 첫마디도

그거였습니다.

"추석 준비는 잘 되고?"

그래서 말했죠.


"보름달만 뜨면 돼요."

아무것도 준비하지 마라.
오직,
그대 자신을 쪼고 두드릴 뿐.

밝음이가 고모로부터 용돈을 받았다.

"밝음아! 그거 어떻게 보관할 거니?"

"학교에 저축할 거예요. 이자가 높거든요."

"아니야. 그보다 더 높은 이자를 쳐주는 데가 있어."

"어디요? 주식 투자요?"

"아니. 그게 어딘가 하면 바로 이 아빠야."

"치-, 아빠는 내가 어려서 세뱃돈 받은 것도 쓰셨잖아요."

"맞는 말이다. 그러나 생각해 보아라.

네가 아빠에게 맡긴 돈은 얼마 되지 않지만

네가 아빠에게 필요해서 달라고 하는 돈은 끝이 없단다.

그때마다 아빠가 너에게 이자 계산해서 그것만 준 적이

있느냐? 아빠의 전부를 주지 않더냐?

그러니 세상의 어떤 은행에 비교할 수 있겠니?"

그대가 하느님께 하는
이와 같은 것을 헌금이라 합니다.
이웃에게 나누는 선행.
하느님께 바치는 헌금.
이게 모두
하늘 은행에 저축하는 일입니다.

힘겹게 짐수레를 끌며 고개를 오르는 사람을

행인이 뒤에서 밀어 주고 있었습니다.

언덕이 어찌나 높은지 한 10년이 넘도록 밀었다고 합니다.

"고맙소"라는 말을 들은 뒷사람은 보람을 느꼈던지

고개 위에 다다라서도 계속 수레를 밀고 내려갔습니다.

그만 놔둬도 될 것을 말입니다.

어떻게 되었을까요?

"워~워" 하던 짐꾼이 바퀴에 깔렸던지,

수레에 실었던 물건들이 길바닥에 쏟아졌든지…….

저도
그 뒷이야기는
들어 보지 못했습니다.

어느 시골 촌놈의 이야기입니다.

그가 처음 도시에 나와 버스를 탔을 때 누군가

그의 발을 밟은 다음에 '미안하다'고 말했습니다.

시장에 갔는데 많은 사람들이 그를 밀치다시피 하면서

'미안하다' '미안하다' 하는 것이었습니다.

그는 깨달았습니다.

"참으로 멋있는 놀이군. 지가 하고 싶은 대로 해놓고는

'미안하다'고만 하면 되는군."

그래서 그는 지나가는 사람을 후려치고는 말했습니다.

"미안합니다."

이런 촌놈의 놀이를 즐기는
도시인이
의외로 많습니다.

한 스승이 죽어 가고 있었습니다.
제자가 스승을 붙들고 물었습니다.
"우리를 두고 어디로 가십니까? 저도 따라가겠습니다."
그러자 스승은 눈을 뜨고 웃으면 말했습니다.
"내가 가긴 어디로 가겠는가?
갈 곳이란 없어! 나는 항상 여기 있을 것이다."
그는 웃으며 눈을 감고 죽었습니다.

형태는 바뀌고
파도는 바뀔 테지만
바다는 그대로다.
우리는 바로 이 존재다.

나는 야간 통행금지 시간이 밤 12시입니다.

그렇게 자주 외출을 하는 것은 아니지만,

밤 12시 이내에 집에 들어가지 못하면 일주일 동안

식구들의 빨래와 설거지를 하기로 아내와 약속을 했습니다.

어느 날이었습니다.

외출을 했다가 집에 돌아와서 문을 두드렸습니다.

그러자 아내가 문 안에서 말했습니다.

"몇 신 줄 아시죠?"

"응, 11시 30분."

그러자 아내가 경쾌한 목소리로 말했습니다.

"아니네요. 벌써 12시 10분인걸요."

"무슨 말이야? 내 시계론 분명히 11시 30분인데!"


그날,

내 시계가 40분이나 잠을 자고 있었던 것입니다.

시간은

우리를 속이지 못하지만

시계라는 낡은 기계는

언제든지 우리를 속일 수 있습니다.

람티쏘르라는

인도의 한 거지 승려가 미국엘 갔습니다.

그는 자신을 '황제'라고 불렀습니다.

미국의 대통령이 그를 만나게 되었습니다.

황제라고 하기 때문에.

그러나 그는 거지였습니다.

대통령이 그에게 물었습니다.

"나는 당신을 이해할 수 없다.

당신은 거지 아닌가?

그런데 왜 당신은 황제라고 칭하는가?"

람티쏘르는 웃으며 말했습니다.

"나의 내면을 보라.

나의 왕국은 나의 내면세계에 있다.

나를 들여다보라. 나는 황제다.

나의 왕국은 이 세계가 아니다."

바로 이런 이유 때문에
예수님도 십자가에 달려
죽었습니다.

중국에서

문화혁명이 일어난 그해에 생긴 일입니다.

북경대학의 수석 합격자는 이름만 쓰고 답안지를

백지로 낸 학생이었습니다.

모든 가치를 뒤집어엎었기 때문에 신입생 전형도

혁명적으로 했던 것입니다.

그는 결국 졸업도 수석으로 했습니다.

물론 4년 내내 백지 답안지를 냈죠.

그 청년이 일본으로 유학을 가게 되었습니다.

역시 일본에서도 백지 답안지만 내면서 졸업을 맞았는데,

그에게는 상이 하나 주어졌습니다.

그것이 젓가락 한 벌이었습니다.

혁명의 주체였던
주은래가
그 젓가락을 청년의
머리통에 올려놓으면서
"이 밥통아" 했다고 합니다.

굉장한 부자가 살았습니다.

그에게는 낭비벽이 심한 아들이 하나 있었습니다.

임종이 가까운 부자가 아들을 앉혀 놓고

유언을 하고 있었습니다.

"애야, 잘 듣거라. 돈으로 모든 것을 살 수는 없단다.

이 세상에는 돈으로 살 수 없는 것도 있다는 것을

명심하거라.

사람이 돈으로만 행복해지는 것은 결코 아니다."

듣고 있던 아들이 말했습니다.

"아버지 말씀이 모두 옳습니다.

그러나 돈이 있으면 불행을 선택할 수는 있습니다."

그렇습니다.
확실히 돈으로 행복을 살 수는 없습니다.
그러나 돈이 있다면
불행을 선택할 수는 있습니다.

신경숙의 소설 『깊은 슬픔』에 나오는 이야기

지난 여름 산엘 갔었어.
계곡을 따라 올라가는데 개를 소나무에 매달아 놓은
사내들을 만났지. 살벌하드라.
사내들은 땀을 뻘뻘 흘리며 거꾸로 매달린 개를
돌아가며 몽둥이로 패는 거야.
개의 머리통이 순식간에 피투성이가 되는 순간,
뭐가 잘못 됐는지 개 줄이 풀리면서 개가 풀려났어.
그 일행 중에 개 주인이 있었어.
그가 피를 흘리며 도망치는 개를 불렀지.
메리! 메리! 부르니깐
그 목소리를 듣고 개가 어쨌는 줄 알아?
달아나던 몸을 돌려 세우고는 주인한테 가더라구.
나, 참.
피를 철철 흘리면서.
꼬리까지 흔들면서.

우둔함과 혐오와 욕망
그리고 깨달음,
저 진공眞空 속에 내가 있네.

"목사님, 이번 여행의 하이라이트가 뭔지 아세요?"

텔아비브에서 앙카라로 가는 비행기 안에서 옆에 앉은
목사님이 내게 물었다.
"모르는데요?"
"그건 시내산 정상에서의 사건이에요."
"그게 무슨 사건인데요?"
"몇 달 전까지 강원도 부지사를 했던 이 아무개 씨 부부
있잖아요? 새벽녘에 정상에 오르자 모두들 기도를 올렸는데,
그 부부는 주머니에서 오렌지와 사과를 한 알씩 꺼내
바위 위에 올려놓고 절을 하는 거였어요. 그러자 일행이
쑤군거렸죠. 남들 다 기도하는데 절한다구요."

그러면서 그는 계속 말했다.

맨입으로 기도하고
컵라면 먹고 똥 싸고 내려가는 것보다는
낫지 않느냐고.

이스라엘에서 들은 이야기.

주일 아침에 목사가
지나가는 아이에게 물었습니다.
"애야, 여리고성을 누가 무너뜨렸지?"
"제가 안 그랬는데요?"
목사는 놀라서 그의 담임에게 물었습니다.
그러자 교회 학교 교사가 이럽니다.
"그 아이는 정직한 아입니다. 그 아이 말이 맞을 겁니다."
화가 나서 장로에게 말했습니다.
그랬더니 장로가 이럽니다.
"그거 다시 쌓는데 비용이 얼마나 듭니까?"
저녁에 그의 아내에게 그날 생긴 이야기를 털어놓자
아내가 하는 말,
"장로님 말씀만 들으세요. 그래야 편안해져요."

목사를 그만두고

차라리 콩이나 심어라.

어떤 철학자가

비뇨기과 의사를 찾아가서 부부 관계를

향상시키는 방법에 관해서 조언을 구했습니다.


"건강은 양호한 편이군요."

신체검사를 마친 다음에 의사가 말했습니다.

"하루에 10Km씩 7일 동안 달리십시오.

그런 다음에 전화 주세요."

일주일이 지난 다음에 그 철학 교수가 전화를 걸었습니다.

의사가 물었습니다.

"그래 달리기가 부부 관계에 도움이 되었습니까?"

"모르겠소."

철학자가 말했습니다.

"나는 지금 집에서 70Km 떨어진 곳에 있소."

무슨 얘긴지 아시겠습니까?
인생에는 산수보다 훨씬 귀한 것이 있는데
그것을 받아들이라는 것입니다.

녹색평론 51호에
독일의 '홀거 하이데'라는 사람의 논문 한 편이
실렸습니다.
그 내용인즉,
요즘 사람들은 너무나 일을 많이 하는 나머지
자신의 삶의 에너지마저
무참하게 파손시키고 있다는 것입니다.
이것을 이른바 '노동 중독증'이라고 하는데,
이 중독에 걸리면 알코올 중독이나 약물 중독 때와 똑같은
화학 반응이 몸과 정신에 일어난다는 것입니다.

아드레날린, 모르핀, 엔돌핀처럼
자극과 흥분을 조장하는 물질은
외부로부터 육체 속으로 주입될 때만 생기는 게 아닙니다.
돈과 욕심,
그리고 그것을 얻기 위해 죽을 둥 살 둥 살아가는
'일 중독'도 같은 결과를 가져온다는 것입니다.

묻습니다.
'종교 중독' 은 어떨까요?

나는 요즘

기쁨 한 가지와 쾌락 하나를 줄이며 산다.

'기쁨' 이라 함은 책을 읽는 것으로,

이것은 정신세계의 허약함을 두려워해서 하는 것이다.

'쾌락' 이라 함은 세 끼 식사를 뜻하는 바,

위胃를 채웠을 때 일어나는 포만감을 즐기려는 습속이다.


갈증과 허기짐이라는 '관성' 에 있어서는.

더 이상
바깥으로 떠돌지 말고
안으로 향할 일이다.

"최 집사, 행복해?"

"그럼요. 애프터서비스 때문에 전화하셨죠?"

"응, 물건 받을 때 설명했지만,

고장 난 것은 수리해 주고, 망가져서 쓸모없게 된 것은

교환도 해주지."

"아직 쌩쌩해요. 새것 같은데요 뭐."

"고맙군."

내가 주례해서 아들 둘을 둔 그녀와의 결혼기념일

통화 내용이다.

이렇게 사후 봉사를 받을 젊은이들만

내게 주례를 부탁해야 한다.

생존의 춤은 바뀌어도
그 춤판은 변하지 않는다.
이걸 명심하라.

꽃 향기를 맡으십니까?
두엄 냄새도 맡으세요.
그래야 생존의 의미가 깊어진답니다.

복작대는 도시의 한복판에서 삶의 지루함을 덜어내려고
애쓰십니까?
물오른 논밭에 가 보세요.
몸과 마음과 영혼의 무게가 반으로 줄어들어요.

수천 명의 스님들이 외는 열반송을 들어 보셨나요?
오늘 밤에 들어 보세요.
그러면 덩달아 삼매경에 든답니다.

봄밤을 수놓는
개구리 울음소리 말이에요.

부처님 오신 날.

교회에서 소풍을 가기로 했는데 아침부터 솔솔 비가 온다.

노 아무개 집사가 전화를 해서는,

"도로 아미타불 관세음보살" 하더니

"소풍은 가십니까?" 한다.

함께 갈 수 없었는데, 비 때문에 서운한 마음을 갖지 않아도

된다는 안도감에서 비롯된 조롱이다.


그래서 말인데요.

'아미타' 염불은 참 나를 꺼내려는 기도입니다.

'관세음보살' 은 바른 지혜를 구하는 기도구요.

그러나 정작 사람들은 꿈에서 깨려는 게 아니라 그 꿈이,

몸뚱이가 지어내는 꿈이 영원하기를 빌고 있으니

어쩝니까?

정말
'도로 아미타불' 입니다.

사람의 손이 닿을 수 없는 곳,
아카시아 나무 끄트머리에 까치 부부가 둥우리를 틀고
알을 낳는가 싶었다.
내일 모레쯤이면 예쁜 새끼들이 나오겠지 했는데,
지난 토요일 오후에 인부 몇이 사다리차를 가지고 와서는
둥우리를 거칠게 헐어 버렸다.
그리고 거기서 여섯 개의 알을 꺼내 땅바닥에
사정없이 내던졌다.
단백질과 지방은 이미 붉은 피와 뼈로 바뀌어 있었다.
형체 없이 뭉개졌지만.

이틀 동안 까치 부부는 둥우리 있던 주위를 오가며
슬피 울었다.
그러더니 곧 예배당 은행나무 가지 끝에
집을 짓기 시작했다.
나도 거기 마음 한 자락 보탠다.

까치 떼가 극성으로
농작물에 피해를 주기 때문이라니
잘하는 짓인지 아닌지.

전화벨이 울렸다.

"허 목사야?"

"예, 아버님. 어쩐 일이세요. 이렇게 아침 일찍 전화를
다 주시고요."

"응, 지난 밤 꿈자리가 너무 나빠서. 목사한테 어울리지
않는 줄 알지만 오늘 하루 기도하며 지내라고.
어디 갈 일은 없지?"

"서울에 가려고 하는데요? 출판사에 볼 일이 있어요."

"웬만하면 집에서 기도하며 지내시지.
아주 지저분한 꿈이어서 그래."

"예, 알겠어요. 그렇게 하겠어요."


하루 종일 꿈에 붙들려서,
아버님이 꾼 꿈을 통과하느라 나도 꿈이 되었다.
남의 꿈 때문에 내가 꿈이 되기는 생전 처음이다.

몸뚱이 때문에 꾸는
삶이라는 꿈속에서
깨어나려면
꿈이 되어야 한다.

"노랗고 어여쁜 개나리같이 생긴 해가 허연 수염 난 구름과
둥실둥실 떠 있다."
"어두운 하늘에서 시커먼 구름들이 각자 심술을 내면서
귀엽고 아주 조그만 빗방울들을 하나하나씩
새나 강아지에게 먹이를 주듯이 떨어뜨린다."
"어버이날을 축하하듯 해가 눈치 있게 제법 하얀 이까지
드러내며 하늘에서 인사를 한다."

일기를 쓰는데 날씨를 그저 '맑음', '흐림'으로만 적지 않고
설명적인 기술로 적은,
어느 초등학교 4학년의 날씨 묘사다.

글이란
맑은 시선의 내부에서 일어나는
투명한 광합성 작용이다.

좋습니다.
합시다.
냅시다.


시내 어떤 교회에서 장로 취임식이 있었습니다.
선배 장로가 후배에게 단 세 마디만 하더군요.

이 세 마디만 잘하면
좋은 장로,
좋은 교회 된답니다.

새로 된 장로가 있었다.

교우들의 온갖 경조사에 모두 쫓아다니다 보니

많은 돈이 나갔다.

그래서 선배 장로에게 말했다.

"돈 없으면 장로도 못 해먹겠어요."

그러자 선배 장로가 이러더란다.

"몰랐어?

장로 하려면 작은 마누라 하나 있어야 돼.

돈 많은 걸로."


이것은 실제로 있었던 이야기다.

길은

미묘하며, 어려우며, 멉니다.

아침에 출근하는 당신을 보니 새롭군요.
즐겁게 근무하세요.
내일 떠날 사람처럼.
우리에게 다가오는 변화는 예고가 없으니까요.
―남편이며 스승이신 당신께


나도 이제는 출근을 한다.
출근出勤이래야 집에서 예배당 2층에 있는 방으로 올라가는
대략 20~30미터의 거리지만.
아침 9시쯤에 그리로 가서 책도 보고, 교우들의 이름이
적힌 카드를 뒤적이고(이것은 내 기도 방식 중의 하나다),
방문객도 만나고 그러다가 아내가 퇴근하는 시간에 맞춰
나도 집으로 들어온다.
물론, 그 사이에 여남은 번은 집과 목사 방을 오가지만.

씨앗을 움틔우는 소리
진동하는
알―움―다―움
아침 그리고 저녁.

아마도
'어린이 날' 선물인 듯싶다.
은우 엄마,
안 에스더 집사가 쌍발 압축식 플라스틱 물총을
사다 준 것은.

어렸을 때 나는 물총을 갖고 노는 게 소원이었다.
그것만 있으면 폼 나게 친구들의 우두머리가 될 성싶었다.
그러나 끝내 고무 물총은 구경도 못하고 마흔을 넘겼다.

아내를 집 밖으로 불러내 그녀에게 물총을 쏘았다.
진풍이한테도 총질을 해댔다.
그 볼품없는 물살을 맞고 아내와 강아지는 엄살을 떨며
소리를 지르고 숨고 야단이다.
그게 또 신나서 더 경중대며 물 총질을 하고.

세계로 향한 촉수觸手가
싱싱하게 살아 있던,
모든 것이 바람이었고 풀잎이었던
동심의 세계는 지금 어디에 있는가?

마을 서당에서 천자문을 가르치는데,
꼬마 녀석 하나가 자꾸만 딴청을 한다.
화가 난 훈장이 "이놈!"
하고 야단을 치자 그 대답이 맹랑하다.
"선생님!
저 하늘을 보면 저렇게 파랗기만 한데,
하늘 천天 따 지地 검을 현玄 누르 황黃,
왜 맨 날 하늘을 검다고만 합니까?
그래서 읽기 싫어요."

연암 박지원이 지었다는 「답창애지삼」에 나오는
이야기 입니다.

—정민 『비슷한 것은 가짜다』에서

시 속의 즐거움에
눈뜨는 것.
그것이 참 배움이다.

다섯 살 난

어린 소년이 그의 유아원 선생님에게서 질문을 받았습니다.

"너의 여동생은 말할 줄 아니?"

그 소년이 대답했습니다.

"그럼요. 무슨 말이든지 잘해요. 그래서 엄마 아빠는

동생에게 다시 조용히 하는 법을 가르치고 있죠."

선생님이 다시 물었습니다.

"아직 꼬만데 침묵하는 법이라니?"

"어른들은 이상해요. 말을 가르칠 때는 언제고,

조용히 하라고 한다니까요."

우리 아이들은
말하기도 다 배우지 못한 채
그만 조용하기를 강요받고 있습니다.

시골 마을에 사는 한 여자가 생선을 팔러 도시에 나갔다가
옛날 친구와 마주쳤습니다.
그녀의 친구는 아주 부자였습니다.
친구는 그녀에게 하룻밤만이라도 자기 집에서
묵어 가라고 간청했습니다.
아름다운 성에 초대된 그녀는 한 아름도 넘는 장미꽃으로
꾸며진 침대에 누웠습니다.
그러나 그녀는 장미 꽃 향기 때문에 잠이 오지 않았습니다.
그리고 마침내 다음과 같이 말했습니다.
"미안하지만 내 옷을 도로 갖다 주렴.
그 위에 물을 약간 뿌려서 말이야.
그리고 이 장미꽃은 치웠으면 좋겠어.
이 장미꽃 향기 때문에 잠이 오지 않아.
생선 냄새를 맡으면 금방 잠들 수 있을 텐데."
장미가 치워지고 더러운 옷에 물이 뿌려지자 방 안에
생선 냄새가 진동했습니다.

행복은
장미 향기에만 있지 않습니다.
생선 냄새를 맡으며
편안히 잠드는 영혼도 있습니다.

나는 하루에 한 끼, 점심만 먹는다.

그렇다고 우유나 음료수라든지 부득불 먹어야 될

음식까지 거부하는 것은 아니다.

그러나 가급적 피한다.

그리고 아침 저녁으로 오줌을 한 컵씩 먹는다.

물론 내 오줌이다.

무슨 지병이 있어서거나,

특별한 효험을 기대하고 하는 짓은 아니다.

그저,

들어오는 것을 적게 하고

나오는 것을 재활용해 보겠다는 생각에서다.

만물은
공간과 시간宇宙 속에서
하나일 뿐.

동굴 속에서,

세상을 등지고 30년을 살아온 '성자'가 있었다.

어느 날 그의 동굴에 거지가 한 사람 들어왔다.

그는 거기서 오랫동안 살 작정이었다.

그 낌새를 알아챈 성자가 소리쳤다.

"당신 뭐야? 여긴 내 동굴이야."

거지가 말했다.

"정말 거지 같은 놈이네. 세상까지 버리고 들어온 놈이

돌멩이 하나를 자기 것이라고 하다니."

"어떻든 이건 내 거야.

여기서 내가 30년이나 살았다고.

그러니 내 거야. 빨리 나가 줘."

사원敎會은 동굴洞窟입니다.
세상,
'내 것'의 경계선 너머이기 때문이죠.

한 살배기 진풍이가 시집을 갔습니다.
한 달 전쯤, 정확하게는 6월 10일 토요일의 일입니다만.
근사하게 생긴 진돗개 수놈하고 한판 놀았지요.
10만원이나 들었어요.
개끼리 노는데.

개 사돈 곽 선생이 이러더군요.
"개는 밥 주는 사람하고 목줄 끌러 주는 사람을 좋아합니다.
그러나 목줄 끌러 주는 사람을 더 좋아하지요."

밥보다는 자유.
개도
이걸 더 가치 있게 여깁니다.


(그런데 진풍이는 뱃속에 아이를 담고
지난 수요일에 집을 나가서 여태 돌아오지 않고 있습니다.
완전한 자유를 누리나 봅니다.)

내 기쁨의 한가운데를 자리 잡고 있는 이여

집 앞 소담스레 피어 있는 도라지꽃에 스며 있는 이여

창 밖 흔들거리는 솔잎 사이사이

바람 타고 툭툭 흩어지는 송화 가루로 내려

끓는 내 정수리를 어루만져 주는 이여,

홀로 잠드는 지친 밤에도

별 빛 타고 지켜 주는 이여

들숨과 날숨 사이에 그리움으로 꽃 피는 이여

하늘로 하늘로 오르는 미루나무에 꿈을 실어

내 영혼을 하늘 가까이 올려놓는 이여

보드라운 봄 흙 내음과 비릿한 장대 비

풍요로 충만한 가을 들판과 모든 악을 덮고 가는

하얀 눈의 나라까지

그 어느 곳에서나 살아, 나를 지키는 이여

나를 바치나이다.

어제 아침에,

거지꼴을 한 나그네가 집에 들렀습니다.

"어딜 가시는가?"

나그네가 대답했습니다.

"춘천에 가려구요."

"이 양반 아침부터 누굴 놀리나?

그러면 동냥질에 지장이 있을 텐데."

나그네는 꿀리지 않는 얼굴로 다시 말합니다.

"나는 홍천과 강릉, 포항과 부산을 거쳐 춘천에 가려고

합니다. 난 너무 오랫동안 춘천에 살았기 때문에

상투적으로만 춘천을 압니다.

춘천이 어딘지, 어떤 도신지 알지 못합니다.

그래서 춘천에 가려고 합니다."

이제,
예수를 바로 알기 위해
돌아가는 것이 어떤가?
석가나 공자, 또는 장자를 거쳐서.

"진리가 너희를 자유하게 하리라."
요한복음 8장에 나오는 말입니다.

그러나
교회를 다닌다고 다 자유자가 되는 것은 아닙니다.
명료한 의식 하에서 신앙생활을 해야 '자유' 자가 됩니다.
만약 당신이 감정에 호소하는 신앙생활을 한다면
당신은 '노예' 입니다.
그것보다 더 불행한 사태는 '바보' 입니다.
습관적이고, 기계적이고, 교리적인 신앙 삶이
'바보' 를 만듭니다.

넘칩니다.
'노예' 와 '바보' 가.
진리의 바다에.

한 남자가 판사 앞에 서 있었습니다.

"당신은 왜 이혼을 하려고 하십니까?"

판사가 묻자 남자가 대답했습니다.

"나는 더 이상 참을 수 없습니다.

우리는 조그만 방에서 마누라와 일곱 명의 아이들과

살고 있습니다.

그런데 내 마누라는 거기에다 염소 한 마리와 개까지

키웁니다.

내가 그렇게 반대하는 데도 말입니다.

나는 더 이상 그 짐승 우리에서는 살 수가 없습니다.

이것이 이혼 사유입니다."

판사가 말했습니다.

"당신 집엔 창문이 없나요? 창문을 열면 지독한 냄새는

나지 않을 텐데요."

남자가 말했습니다.

"뭐라고요! 그럼 내 비둘기들이 다 날아가게요?"

그대가 무언가 붙들고 살면
창문을 열 수가 없겠지요.
그러면
파란 하늘이 내려 주는 가을 햇살도 쪼일 수 없죠.

예수는 밀을 먹고 석가는 보리를 먹었다.
우리는 쌀을 먹고 산다.
쌀이 살이 되고, 살이 알이 되고, 알은 얼이 되고.
얼은 '높은 세계'를 말한다.

그러기에 조상들은 예배하는 심정으로 밥을 짓고,
누군가를 위하여 밥을 솥 안에 남겨 두곤 했다.
인생살이의 순서대로 둘러 앉은 밥상머리는 어땠는가?
경건하고 엄숙한 게 꼭 예배와 같지 않았던가!
우리에게,
쌀은 생존의 질료가 아니라
'높은 세계'를 잉태한 알이었다.

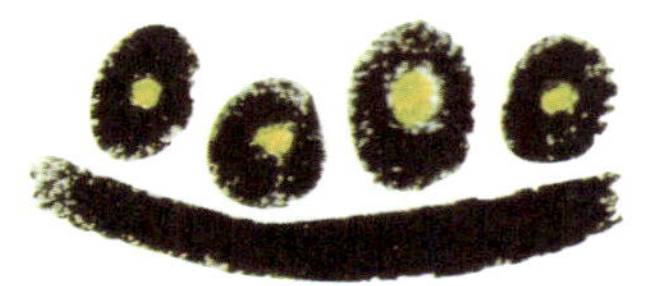

그대는
밥을 먹고 그것으로 무엇을 만드오.
똥과 비계?
사랑과 웃음과 기쁨?
아니면,
자유와 초월과 영원?
또 묻소.
당신 밥 먹고 그걸로 뭘 만드오?

교회 학교에서,
선생님이 아이들에게 구약성서 중
자기가 좋아하는 장면을 그리라고 했습니다.
한 아이가 고물 차를 몰고 있는 남자를 그렸습니다.
뒷좌석에는 완전히 발가벗고 있는 승객이
두 명 타고 있었고요.
"아주 멋진 그림이다."
선생님이 말했죠.
"그런데 이 그림은 무엇을 의미하는 것이지?"
그 어린 화가는 그 질문에 약간 당황한 듯 대답했습니다.
"선생님, 저—성서에 하느님이 아담과 이브를 에덴동산에서
내쫓았다고 쓰여 있지 않나요?"

우리는 아이들이
그들 자신의 천성과 지성과
순수성을 키워 가게 도와야 합니다.

누가 그럽디다.

노아의 방주에서는 배 안에 있는 동안 사랑의 행위가

전면 금지되어 있었다고요.

홍수가 멈춘 뒤,

방주에서 쌍쌍이 줄을 지어 나갈 때 노아는

그들이 떠나는 것을 흡족하게 바라보고 있었답니다.

마지막으로 수고양이와 암고양이가 나왔는데,

그들 뒤로 수많은 새끼들이 뒤따라 나왔답니다.

노아가 놀란 눈을 똥그랗게 뜨자 수고양이가 이러더랍니다.

"당신은 우리가 싸우고 있었다고 생각했지요!"

그렇습니다.
사랑은 일종의 싸움입니다.
싸우지 않고 사랑은 존재하지 않습니다.

몇 달 전에
제주도 어느 사찰에 있는 천千개의 석불石佛이 훼손을
당했다.
하룻밤 새,
누군가 몰래 들어와서 석상石像의 머리를 몽탕몽탕 자르고
도망을 친 것이다.
알고 보니 어느 힘 뻗치는 예수쟁이가 그랬다는 것인데.

《기독교 사상》이라는 잡지에 이것을 빌미로 여러 사람들이
글을 실었는데, 백담사의 석마근 주지 스님의 글도 실렸다.
점잖게,
'왜 남의 밥상에 재를 뿌리느냐, 네 것이 중하면 남의 것도
중한 줄 알아야지, 이게 단순히 종교냐 문화재지.'
뭐, 그런 논조였다.

고진하 형, 석마근 스님이랑 점심을 먹다가 내가 한마디.

부처의 목을
스님이 먼저 잘랐어야 하는데
도둑놈이 먼저 했으니 부끄러운 일이지.

수영할 줄 모르는 사람이 물에 빠졌다고 합시다.

의지할 만한 게 없으니 허우적거리겠죠.

그러나 포기할 수 없어서 열심히 손발을 놀리다 보면

어느 순간에 몸이 뜨고 앞으로 나갈 수 있겠죠?

그뿐이겠습니까.

고기도 잡을 수 있고, 헤엄도 치고,

마음대로 바다를 노닐 수 있게 되지 않겠어요?

그렇습니다.

허무 속에서 획득한 이 즐거움,

안정된 땅에서 얻는 것이 아닌,

무無에서의 유희를 '자유'라고 하는 것입니다.

있음에서 구하지 않고
없음에서 일궈내는
그 무엇을 '믿음' 이라고 하고,
이 '믿음' 이 있으면 '자유' 합니다.

영국, 프랑스, 러시아.

세 나라의 사람들이 모여 행복을 말하고 있었습니다.

"진실한 행복은 퇴근 후에 반겨 주는 한잔의 술이지."

영국 사람의 말이었습니다.

"그대는 로맨스가 없군. 진짜 행복은 출장지에서 예쁜
여자를 만나 실컷 즐기곤 미련 없이 헤어지는 것이야."

프랑스 사람이었습니다.

"당신네 둘 다 틀렸소.

새벽 세 시에 비밀경찰이 들이닥쳐 문을 두드리며

'이지코프 너를 체포한다' 고 소리치면

'이지코프는 옆집이오' 하고 말할 때가 진짜 행복이지."

그대가 말하는 행복은 상대적이다.
그러나
하느님이 그대에게 주는 행복은 절대적이다.
이것을 구해야 한다.

지난 추석에 잘 익은 포도 한 상자를 선물로 받았습니다.

그때 생긴 생각 한 줄기입니다.

포도알에는 발효하는 누룩이 있어서 그릇 속에 넣고

꼭꼭 닫아만 둬도 술이 됩니다.

발효할 때는 속에서 탄산가스가 나와 일체의 부패균을

죽이죠. 그렇게 해서 투명한 포도주가 되는 거죠.

일단 포도주만 되면 천 년도 가고 만 년도 가지 않습니까?

그러니 썩을 물건이 썩지 않을 생명으로 바뀌는 길은

발효밖에 없습니다.

기독교의 중생이란 포도가 발효해서 포도주가 되는 것처럼,

인간 생명의 발효를 말하는 것입니다.

그런데,
발효의 비밀은 밀봉에 있습니다.
밀봉의 비밀은
하나의 문제 안에 자기를 몰입시키는 것이죠.

엊그제
누군가 내게 물었습니다.
"목사님은 하느님에 대해서 어떻게 생각하세요?"
머리도 꽁지도 없는 그런 물음이었습니다.
그래서 내가 말했습니다.

나는 하느님에 대해서 생각지 않습니다.
오로지
하느님이 나를 어떻게 생각하시는지를
묻고 물을 뿐입니다.

어떤 사람이 자기 마누라에게 전화를 걸었습니다.

"여보, 오늘 저녁 식사에 친구 한 명을 초대했어."

마누라가 전화통에 대고 소리를 지릅니다.

"당신, 정신이 있어요 없어요. 나는 감기에 걸려 있고,

아이는 며칠째 칭얼대고 있잖아요."

그러자 남편이 이렇게 말하는 것이었습니다.

"그래서 내가 그 친구를 집으로 데려 가려고 하는 거야.

글쎄 그 친구가 결혼할 생각을 하고 있거든."

규범을 따라 살지 마세요.
단지
당신의 삶이 넘쳐흐르는 에너지가
되게 하십시오.

바람이 장난하듯 낙엽을 데리고 논다고,
봄과 여름의 치열한 성숙이 잎새와 나뭇가지에서
정지했다고,
동사와 명사가 숨었다고,
그렇다고
가을이 한유閑裕하다고 생각지는 말아야 한다.

새 예복을 장만하기 위해 낡은 옷을 벗는 그 결단이
장렬하지 않은가?
의식이거나 생활의 습속을 벗어던지지 못하고 살아가는
내가 측은하지 않은가?

푸르게,
하늘에서 흘러내려 땅으로 스며드는 붉은 가을을,
얕은 감탄사로 맞을 일이 아니다.

봄見을 가진 자만이
참으로 행복하고 참다운 봄春을
가진 존재다.

석가모니가 죽자

제자들은 스승의 존귀한 말씀을 문자화하는 것을

송구스럽게 생각했다.

그래서 말씀을 서로 몸으로 익혀 외우기로 했다.

긴 세월 제자들은 오로지 스승의 가르침을 몸으로 외웠다.

그러나

시간이 흐르면서 종교도, 사상도, 승려 집단도 타락해 갔다.

이에 일반 민중이 '불교를 다시 일으키자' 며

개혁에 나섰다.

이것이 대승불교大乘佛敎의 시작이다.

그들은 석가의 가르침을 경문經文으로 만들었고,

어떤 고난이라도 무릅쓰고 세상을 구원하겠다는 각오와

구도심에서 자신들을 '보살' 이라 불렀다.

물음은 잃고 대답만 기다리는
가엾은 상태가 타락이고,
존재의 신비와 감격을 되찾으려는
자가 보살이다.